Genel Yayın: 1728

TÜRK EDEBİYATI

CAN YÜCEL
SEVGİ DUVARI

Sertifika No: 29619

EDİTÖR
RÛKEN KIZILER

YAYIN DANIŞMANI
ALOVA

GÖRSEL YÖNETMEN
BİROL BAYRAM

GRAFİK TASARIM VE UYGULAMA
TÜRKİYE İŞ BANKASI KÜLTÜR YAYINLARI

I. BASIM
SANDER YAYINLARI 1974

TÜRKİYE İŞ BANKASI KÜLTÜR YAYINLARI'NDA
I. BASIM AĞUSTOS 2009, İSTANBUL
XVI. BASIM OCAK 2015, İSTANBUL

ISBN 978-9944-88-657-4 (KARTON KAPAKLI)

BASKI
AYHAN MATBAASI
Mahmutbey Mah. Devekaldırımı Cad. Gelincik Sok. No: 6 Kat: 3
Bağcılar İstanbul
Tel: (0212) 445 32 38 Fax: (0212) 445 05 63
Sertifika No: 22749

TÜRKİYE İŞ BANKASI KÜLTÜR YAYINLARI
İstiklal Caddesi, Meşelik Sokak No: 2/4 Beyoğlu 34433 İstanbul
Tel. (0212) 252 39 91
Fax. (0212) 252 39 95
www.iskultur.com.tr

sevgi duvarı

1950-1970

CAN YÜCEL

TÜRKİYE İŞ BANKASI
Kültür Yayınları

İÇİNDEKİLER

SEVGİ DUVARI

1950 - 1970

ÖNSÖZ

Yoldaşlar, yayınlarken bu gecikmiş kitabı,
İt gibi biliyorum, makbul bişey değil bu,
Olsa olsa, bir küçük kentsoylu ızdırabı...
Veyahut iki cami arasında bir mahya,
Rüzgâr vurdukça hani, hep kopacakmış gibi,
Yine de ışıl ışıl, ortada salınır ya...

29 Kasım, 1973

BAŞKALAŞMA

Oyunbozan bir akşamın altında,
Elinde bir yoyo gibi benliğin,
Senden damlara, damlardan geriye
– Tavuklar yem der, kediler ciğer –
Sana benzer bir şey dolaşır havada.

Bir kadeh tutuşturururlar eline derken,
Allı dallı bir lâf atılır ortaya:
Bir zilzurna sabahlığın içinden
Yeşil şanosunu sular bir kadın,
Sana benzer bir kanto söylenir karşıda.

Kurtulur dudaklarından düşersin ergeç
Çamurlu pabuçları dibine.
Turplar kızarır, başverir bir soğan,
Bir kurt yeşerir kıvırcık salatalardan,
Sana benzer bir şey sulanır bostanda.

DEMİN

Kasvet, elinde bir paslı makas,
İstanbul'un asma köprülerini kesti.
Sevdamızın ipinde cirit oynayan cambaz
Şimdi bir kör satırdır içimizde,
Ha düşer,
Ha düşer,
Ha düşer...

Başımızın üstünde demin gülüp duran gökyüzü
Yedekte bir salapurya şimdi

OLAY

Göztaşı bir çift göktaşı,
Aldı gitti o kısrak gözlerini,
Yetiş, dedim, yetiş, müneccimbaşı!
Kaldırmadı bile başını bilardodan,
O mavi, o nehir, o ben ve o kız yokmuş gibi.

KAR HAVASI

Şehir demir almış bir gemi karda
Kalktı kalkacak
Belki de seni bekliyoruz böyle
Biliyorum herzamanki gibi
Gene en son dakkada geleceksin

Martı ayaklı tayfalar koşuşuyor limanda
Açılıyor muyuz ne
Gökyüzü mü yürüyor biz mi gidiyoruz yoksa
Nedir o uzakta kapı mı pencere mi
Sana benzer bir ışık sızıyor ardından
Uykunun gözünde bir gelin teli
Yanıp yanıp sönüyor

Bekçiler uyandırıyor sabaha karşı
Yürü diyorlar yürümesem olmaz
Ama bişeyler bırakmışım gibi geride
Bi de dönüp bakıyorum ki yattığım yere
Kalçalarının izi var karda

PALAS PANDIRAS

Selma diye bir kız vardı seyrimde
Şen Barda çalışırdı
Geceleri zilzurna dönerdi
Otel dediğim bir belâlı herif
Bırakıp Selmayı kaçmış

Düşünün bir top mavi patiska
Demek bir top deniz
Bir ucundan Selma tuttu
Bir ucundan ben
Selma işte öylesine ağlıyordu
Gecenin ikisinden sonra

Sen mi kaldın dedim düzeltecek dünyayı
Vurup kapıyı çıktım
Kordonboyunda bir cam açıldı
Cam değil bir günebakan
Göründü derken Selma
Bir sevda başladı

Selma yalın yapıldak yürüyordu
Eteklerinde bir kekik kokusu
Sevince çocuk oluyor insan
Sol kolunu uzatıverdi
Önümüzde silme yeşil bir ova
İki at gemi azıya almış
İyi bir haber gibi koşuyordu

Selma diye bir kız vardı seyrimde
Bir başka otele gitti
Otel dediğim Bahri Baba'da
Deliler koğuşu

GÜN YALIMI

Duvar dibindeydiler bi bakış baktı
Şimdi ışık yıllarında yaşıyor o çiçekler

Heyt bu kadına can veren tanrım
Sarı bir yatışı var bütün çarşaflardan ayrı

Gelirim demişti bugün için
Gözlerim güneş saatinde

ZURNADA PEŞREV

Kılçığını yitirmiş bir uskumru yelyeperek yelken kürek dört dönüyordu rıhtımı. Güneşin oltasına takılı bir balıkçı habire kirpiksiz gözlerini kırpıştırıyordu. Ansızın yanımdaki sırada oturanlardan biri: "İnsan hapşırdığı gün ölmezmiş," dedi. Öbürü: "Geç," dedi, "bu boş lafları! İster inan, ister inanma, kendi nefesinden gıdıklanacağı tuttu da rahmetli amcamın, güle güle katıldı kaldı olduğu yerde." Biraz ötede yerinde yeller esen bir mavnayı bir vinç havada aptal aptal arayıp duruyordu. Döndüm yanımdaki sırada oturanlara: "Belki de," dedim, "emzikten kesildikten sonra alıştı dünya kendi tırnaklarını yemeye." Bellerinde gazete kâğıdından peştemalları, yanımdaki sırada oturanlar bastonlarına asıp suratlarını bikoşu daldılar suya. Peşlerinden uskumru, uskumrunun peşinden balıkçı, balıkçının peşinden güneş, cup cuup cuuup... Vinç de birer birer toplayıp cümlesini, yükledi yitik mavnaya.

İKİMİZİN ARASINDA

Bir gün şâyet camsız çerçevesiz penceresiz
Bir gün ben, çadır bezi bir perdeden
Günlerin toz-toprak şarkısını çırparken
Canevimin önünden geçersen,
Bir gün şâyet boynumda yemtorbası hayallerim asılı
Bir gün şâyet samançöpü bir sokak dişlerim arasında
Canevinin önünden geçersem,
Anlatırım nasıl nerde
Bir ulu çınara takılı bir kuyrukluyıldız
Bir yeşil telâşta çırpınan ışığımız
Anlatırım nasıl nerde...
Sonra eğilir kulağına derim: Bekle
Çocukken kaçırdığım uçurtma dönsün gelsin,
Hele çarpsın bu çerçi yükü şehirlere,
Hele ürksün fincancı katırları!

BULUŞMAK ÜZRE

Diyelim yağmura tutuldun bir gün
Bardaktan boşanırcasına yağıyor mübarek
Öbür yanda güneş kendi keyfinde
Ne de olsa yaz yağmuru
Pırıl pırıl düşüyor damlalar
Eteklerin uça uça bir koşudur kopardın
Dar attın kendini karşı evin sundurmasına
İşte o evin kapısında bulacaksın beni

Diyelim için çekti bir sabah vakti
Erkenden denize gireyim dedin
Kulaç attıkça sen
Patiska çarşaflar gibi yırtılıyor su ortadan
Ege Denizi bu efendi deniz
Seslenmiyor
Derken bi de dibe dalayım diyorsun
İçine doğdu belki de
İşte çil çil koşuşan balıklar
Lâpinalar gümüşler var ya
Eylim eylim salınan yosunlar
Onların arasında bulacaksın beni

Diyelim sapına kadar şair bir herif çıkmış ortaya
Çakmak çakmak gözleri
Meydan ya Taksim ya Beyazıt Meydanı
Herkes orda sen de ordasın
Herif bizden söz ediyor bu ülkenin çocuklarından
Yürüyelim arkadaşlar diyor yürüyelim
Özgürlüğe Mutluluğa doğru
Her işin başında Sevgi diyor
Gözlerin yağmurdan sonra yaprakların yeşili
Bi de başını çeviriyorsun ki
Yanında ben varım

OTUZBİRİNCİ NESİL

Yeniden yaşamaya başlamadan önce
Yapılacak işlerim var
Görülecek hesaplarım
Kötü kişi oldum kendimle
Kendimden özür dilemeliyim
Sırf aynı şehirde yaşıyoruz diye
Yakışır mı onca sokağın ırzına geçmek
Hem ne akla uydum da yazdım o mektubu
Hadi yazdım neyse, ne bok yemeye yolladım!

Yeniden yaşamaya başlamadan önce
İyice bir yıkanmalıyım
Bir çivit mavisinde çitilemeli günlerimi gecelerimi
Tırnaklarımı kesmeliyim
Sokağa çıkınca ilk iş bir maden suyu içeceğim
İstanbul'da olsam İstanbul'da olsam
Çocuklu bir dostum var kalkar onun evine giderdim
Daha olmazsa Metin'i bulurdum.

Şu ağaca yalvarayım en iyisi
Diyeyim ki bre ağaç
Ömrün uykuyla geçiyor nasıl olsa
Bir sefer de ben gireyim düşüne.

Bi de o türlü yaşıyayım
Bakın işte yeniden yaşamaya başlamadan önce
Böyle palavraları bırakmalıyım
Kafama bir çeki-düzen verip
Dayayıp döşemeliyim içimi.
Paraya kıyıp bi de kilim almalı
Bağdaş kurup çökmeli üstüne
Otura otura belki ben de o kilime dönerim
Yeşili mavisi uslu.
Yeniden yaşamaya başlamadan önce
Adam olmanın çaresine bakmalıyım
Bu haytalığın sonu yok.
Bi şeyler yapmalıyım
Kahvecilik ederim hiç değilse
Avazım çıktığı kadar "Şekerli Biiir" diye haykırırım
Bana varmayacaklarını bile bile
Kızlara evlenme teklif eder gönüllerini alırım
O da mı olmadı tutar çocuklara masal anlatırım
Ben de bir işe yararım elbet
Değil mi ya ben de insanım
Yalnız işte yeniden yaşamaya başlamadan önce
Abaza çekmeyi bırakmalıyım.

BALAT TÜRKÜSÜ

Gülümser'e

Güneş sözlüğünden Raşel
Bütün karanlıklara dama
Giyindiği bişey değil
Soyunduğu bir dal basma

Harf atıyor yukarlardan
Kelebek gözlüklü bir tanrı
Raşel ki bir kutsal yalan
Yalanlıyor kitapları

Oyy bu çaylak yuvası evren
Uçurmuş Raşellerini
Çalan onlardı göğüslerinden
Erkeklerin al mendillerini

Yeruşalim değil bu ülke
İki su omuzlarından aşk
Damlaya damlaya bu öfke
Akkuğulu göl olacak.

CAPONCADAN

I

Sen gideli hastalar oldu liman
Karantinalara girdi
Açıkta demirliyor gemiler
Tütün ardiyede kaldı
Hali duman hamallarla manavcıların
Kantarcı pişpirik oynuyor sabah akşam
Gümrükçüler balık avlıyor
Tuttukları sarıkanat
Sokaklarda çıt çıkmıyor
Sen gideli
Sağır-Dilsiz Okulunda öğretmenim ben

II

Köycek çekip gitmişler
Ortada üç teker iki tavuk bir köpek
Karanlık çiseliyor damların üzerine
Bitürlü aklıma gelmiyor köyün adı
Kendi adım.

BİR NUMARALI HALK DÜŞMANI

Reis Bey dedim Reis Bey
Asın beni dedim dövün öldürün beni
Suçluyum dedim kahpenin soysuzun biriyim ben
Vatan hainiyim belki de
Çalmadım öldürmedim ama
Daha kötüsünü yaptım
Na'aptım biliyor musunuz
Halim Beyin deposunda hamaldım geçen yıl
Kaçıncı balyaydı kim bilir
Kaçırmışım keçileri birara
Arabalar evler sokaklar alıp başını gitmiş
Bi ova bi ben bi gökyüzü
Sırtımda bir pamuk tarlası
Çıkmış üstüne güneş terler tepinir
Tek dur dedim güneşe
Hayvanlığın lüzumu yok
Baktım oralı değil
Yıktım oracığa pamuk tarlasını
Aldım ayağımın altına güneşi
Yer misin yemez misin
Neden sonra uyanmışım
Karanlıklar basmış geceler olmuş
Bir ayçiçeği açmış sağ elimde
Solumda yediveren yedi amele

Almışız denizi karşımıza
Çatır çatır dişimizde ayçiçekleri
Bi güzel ağlamışız
Adamın gözleri Reis Bey adamın gözleri
Bir koltuk meyânesiydi
İzmir'in Meyâne Boğazında
Bir dumandır uğruyor dışarı bir duman
Dumanın yanısıra bir kerih türkü
Gel dedi gel girdim içeri
Koluma yapıştı birden
Gördün mü dedi şu deyyusları
Köşede üç herif oturuyordu
Nedense çürük dişlerim geldi aklıma
O keçiler var ya dedi o namussuzlar
Onlar yedi benim başımı
Bi gün bile yaşatmam o itleri ama
Şükretsinler gene kafakâğıdımı kaybettim
Ah bir kafakâğıdım olsa
Ben bilirim yapacağımı
Adamın gözleri bir Bursa bıçağıydı
Çıkardım cebimden nüfus kâğıdımı
Tutuşturdum eline

Sonra na'aptım biliyor musunuz Reis Bey
Doğru kerâneye gittim
Kambur bir karı buldum evlerin birinde
Belli sığıntı orda
Eski terlikler gibi bakıyor insanın yüzüne
Gel dedim çıkalım yukarı
Ben müşteriye çıkmam dedi
Olsun dedim olsun
Çaça da geldi peşimizden
Al takke ver külah üstesinden geldik işin
Oturttum sonra karyolanın kenarına
Saçlarını taradım dudaklarını boyadım
Parayı verdim eline tam gideceğim artık
Cıvıl cıvıldı gözleri
Yeni dağılmış bir ilkokul gibi

İşte böyle dedim Reis Bey
Başınızı ağrıtmayayım
Yoksa bunlara gelinceye dek daha ne haltlar karıştırmadım
Biliyorum suçluyum razıyım cezama
Çalmadım öldürmedim ama
Daha kötüsünü yaptım
Na'aptım biliyor musunuz Reis Bey
Tuttum insanları sevdim

ALTI KAVAL

Geride kaldı Maltepe
Topağacın dibindeydim
Ötede bir gıdım bulut
Yeşil bir tepsi içindeyim
Bakmayın uzun oturduğuma
Ben bir işin peşindeyim

Karşıda bir emekli paşa
Prusya biçimi kümesi
Yumurta çalmış geçen gün
Kenefe kitli beslemesi
Tek horoza vergi ötmek
Tavuklara ceremesi

Ahçının elinde bir tava
Tavanın içinde bir uskumru
Hoplatır tavayı ahçı
Kızgın yağdan bütün zoru
Sıçrar uskumru havaya
Sözde hürriyete doğru

Veli Bey konuşmaz içer
Kimse bilmez derdini
Bilgi demiş bilim demiş fen demiş
Kötüye yormuşlar fikrini
Okutmuş kitaplarını hazret
Şarkıya vermiş kendini!

Karaborsada ağardı saçları
Kâni Bey kırk yıllık milyoner
Bin lira tosladı Şişli Camisine
Oldu mu sana hayırsever
Öyle bir vatandaş ki efendim
Yüzünüze güller

Kavlim benim dostluk üstüneydi
Sevgi üstüne sevinç üstüne
Hiç böyle konuşur muydum ben
Kör kör parmağım gözüne
O biçim işte bu dünya
Altı kaval üstü şişâne

YURT YAZISI

Ne yaman zor imiş yonca yolması
Bizim memlekette adam olması

CEHENNEMİN DİBİ

Uğradığım meyânelerde hep senin içimin var
Ben mezesiz demleniyorum biliyorsun
İçerken hep yanımda
Yanımda buğulu bir bardak
Bir bardak su gibi
Yanımda hep sen varsın

Bu akşam Bedros'a vurdu piyango
Dediğim meyâne cehennemin dibi
Karşıda bir ütücü dükkânı var
İçerde tıpkı sana benzer bir kız
Yeni uyanmış gibi öyle
Yanakları al al
Bilirim memede çocuklar gibi kokar
Onca beyazın içinde

Ama nasıl hamarat eline çabuk
Sabahları yatağını düzeltir
Sardunyalarına su verirmişçesine
Zengin çamaşırları ütülüyor
Öyle özene bezene

Karışık kalmasın sakın
Düzgün olsun yakası
Hilton'a gidecekmiş beyimiz
Tamam olsun cakası

Karşıda bir ütücü dükkânı var
İçerde tıpkı sana benzer bir kız
Gözlerine baktıkça camgöbeği kesiyor içim
Ve nedense son vapur geliyor aklıma

Yolsuzum biletsizim sensizim o gece
Karşıda içler acısı bir ışık
Vapur olsam çarparım
Öylesine güzel bir ışık

Karşıda bir ütücü dükkânı var
İçerde tıpkı sana benzer bir kız
Ama nasıl hamarat eline çabuk
Öyle özene bezene
Dünyayı düzeltirmişçesine
Susuzlara su ekmeksizlere ekmek
Umutsuzlara umut verirmişçesine
Zengin çamaşırları ütülüyor

Dediğim meyâne cehennemin dibi
İçinde sen varsın ben varım
Karşıda bir ütücü dükkânı

ANDERSEN'İN MASALLARI

Masal dediğin böyle havada olur
Kış kıyamet dizboyu kar
Üstelik yılbaşı

Bir taksi çekmişler kenara
Işık mışık hak getire
İşin iş dedim masalcı başı

Ossaat çaktım ilk kibriti
Elimde tanrısal bir ışık belirdi
Uzatmayalım tıraşı

Ne nur yüzlü ana ne Noel ağacı
Suratından düşen bin parça
İçerde bir Amerikan onbaşı

Andersen'in Kibritçi Kızı kucağında
Belli derdi yok soğuktan yana
Açılmış kıçı başı

İkinci kibrit mi Allah etmesin
Çocuk muyum Andersen miyim ben
Acele kırdım ordan kirişi

Yeni yılın kutlu olsun ibrikçi başı

KARABASAN

Sabahı aranıyor bir Sirkeci köpeği
Çöp kutularında,
Bir radyo kuşu ötüyor pis pis,
Hacılar çoktan apteste kalktı,
Uzun donları, ibrikleri...
Komodinin üstünde bir Milliyet,
Peyami'nin resmi...
Biliyorum aslı faslı yok bunların.
Biliyorum ama
Haddin varsa uyu bidaha!

HAYIRSIZ ADA

Bir haftadır yok yere dolaşıp duruyordum
Bir haftadır içimde bir kırlangıç fırtınası
Siyahın biri konup biri kalkıyor
Şişli'den taa Râmi'ye kadar
Her sokağın ayrı bir kanat çırpışı var
Yeni Cami önlerindeydim sonra
Vapur düdüklerinden anladım
Bir haftadır seni ararmışım meğer
Köprü üstünde Arif'e rastladım
Patiska ararmış fakir
Birlikte Kadıköy'e geçtik
Kardeşliği mavişliği üstünde denizin
Bir yanı ışık bir yanı İstanbul
Şu kahraman harp gemileri de olmasa
Arif patiskayı unuturdu ben seni
Oturur kalırdık Mühürdar'da
Altıyol'da Şadi çıktı karşımıza
O da şeker peşindeymiş
Üç kişi koyulduk yola
        Yol boyu çamdır püfür püfür
        Dallarda fingirdek kızlar
        Teri Mur'ları görünür.

Suadiye'de bir eşitliktir başladı
Adam başına değil
Adım başında bir villa
Biz de Panço Villa'yı bulduk
Ahçıymış villaların birinde
Dilber dudağı yapmış o gün
Ednan Beğendi pişirmiş ama
Canı özgürlük çekmiş
İlle de özgürlük dedi
Yetişmez dedik buralarda yemezler onu
Tereotu nane maydanoz
Nutuk otu dersen o başka

Vazgeç dedik bu sevdâdan dinletemedik
Takıldı gâvurun oğlu peşimize
Dön babam dön dolaş babam dolaş
Ne sen ne patiska ne şeker ne özgürlük
Anlaşıldı dedik vehpinin kerrâkesi
Bizimkisi boşuna zahmet

Nasıl olsa tarihî karanlığımız da bastı
Yürü dedim Arif yürü kardeşim Şadi
Yürü be Panço Villa
Şuradan bir sandal araklarız
Ver elini Hayırsız

Ben Şadi Arif bi de Panço Villa
Hep Hayırsız'dayız şimdi
Ne sen ne patiska ne şeker ne özgürlük
Martıları seyrediyoruz artık
O şekere patiskaya özgürlüğe
O sana benziyen güzelim martıları

BEŞİK DÜRTMESİ

Kuzu gibi olun diyorlar
Büyüyüp ortaya çıkınca
Koyun gibi gütmek için sizi

EŞREF SAAT

Nedir bu içimde kopuşan sevinç
Ölecek miyim ne

ÇOBAN HAVASI

Uslu bir hayvan şu ağaç
Kolay değil böyle
                    yaprak bir kulübeye bağlı
Gökyüzünün kırıntılarıyla yaşamak

DİNAR YOLUNDA DEVRİLEN BİR FORDUN ŞOFÖR AHMET İÇİN YAKTIĞI AĞIT

Ah Ahmet ah sana söylediler de
Yollar bozuk Dinar üstünden gitme diye
Hani köprülerde yavaşlayacaktın
Delibozuk bir uçurtmaydın Ahmet
Takıldın tellere sonunda
İttin ursuzdun oruspu çocuğuydun
Esrar boyalı ispirto eroin
Çirkefliğin daniskası sende
Bir gün tatlı bir sözünü mü işittim
Bari kırk yılın başında bir
Bu da senin diye bir çift yeni lâstik alsan
Biliyorum tapondum Forttum 45 modeliydim
Lâkin ellerine yangındım Ahmet
Ah domuz ah nasıl da karıştırırdın ötemi berimi
Sevgi derdim de sana dinletemezdim
Aklın hep yollu karılarda
Sevgi bir uğraştır derdim sana
Taksicilik parçacılık gibi
Herşeye razıydım sırf anlayasın diye
Nemene şeydir sevgi
Gözüme bir kız da kestirmişti o
Müftülerin Nazmiye
Handiyse yapacaktım aranızı

Sizi çamlıklara götürecektim
Yeşil halılarımı serecektim altınıza
Bilirim ne allahın gazebi olduğunu
Tam kızla hır çıkaracağın zaman
Göğün mavisini göstertecektim sana

Herşeye razıydım sırf anlayasın diye
Nemene şeydir sevgi
Böyle bok yoluna gidecektin madem
Bari ben çiğneyeydim seni.

GO *HOME* HACI GO *HOME*

Hişt hacı yaylan bakalım
Closed dedik be adam
Paydos *c'est fini*
Başını bekley'cek değiliz a sabaha kadar
Uyan bre taş arabası
Gözünü seveyim çileden çıkarma beni
Go home hacı *go home*
Aman beyim allah razı olsun senden
Bişeyler söyle şu dürzüye
Kanımı kuruttu iki saattir
Ne
Asansöre mi binmiş dedin
Fırt inip fırt çıkıyormuş
Hay yedi kat yerin dibine geçsin
Yıl oldu bu masaya çörekleneli
Waiter aşağı *waiter* yukarı
Bir buçuk şişe viski yuvarladı en azından
Külahıma anlatsın o bu palavraları
Yok efendim buralarda değilmiş kendisi
Memleketindeymiş
New York mu ne karın ağrısıysa
Yüz katlı bi binadaymış
Asansörcülük edermiş
Üstünde kırmızı yelek
Altında siyah pantol
On saattir nöbetteymiş de
Geberiyormuş uykusuzluktan

İne çıka zifiri kararmış
Kara su inmiş ayaklarına
Yediği naneye bak
Beni de patron sanmış
Hiç güleceğim yoktu beyim
Sahi korkmuş mu herif
Ya kovarsa beni diyor ha
İş başında uyumasın itoğlu
Kovarım tabiy
Evde karısı varmış bekleyen
İki de oğlan çocuğu
Öyleyse aklın nerdeydi ulan
Edebinle çalışaydın
Siz söyleyin beyim öyle di'mi yani
Allah lâyiğini versin beyim
Herif sahiden korkuyor benden

Hadi hacı yürü bakalım
Bırak bu patron polimlerini
Öyle ötlek ötlek bakma yüzüme
Ha şöyle dayan koluma doğrul
Ben de yorgunum a ziyanı yok
Bir de taksi buluruz sana
Ha gayret aslanım ha gayret
Çoğu gitti azı kaldı

Go home hacı *go home*

BELKİM BİR KERTENKELEYDİM

Belkim bir kertenkeleydim
    piç edilmiş bir yağmurun serini
bir güzelin çirkiniydim
    çirkinlerin en güzeli
yeşil koşsa güneşlerin gölgesi
    ben en hızlı yeşiliydim
kurbağa yarışlarında annemin

çatal matal kaç çataldım kim bilir
    bin dereden bir kendimi getirdim
haydan gelip huya giden bir huysuz
    heyheyler içinde bir heydim
belkim yedi belkim sekiz belaydım

düdük çalar hırsızlanmış polisler
    ben korkudan üstlerime işerdim
üç yıldızlı bir albaydı gökyüzü
    karşısında önüm açık gezerdim
ağzı bozuk meymenetsiz bir ozan
    rus cenginde çağanozdum bir zaman

iki gözüm iki koltuk-eviydi
    mavilerim bir miyobun koynunda
kendi düşen köyler kentler ağlamaz
    sur dışında ben oturur ağlardım
ekmek diye bağrışırdı bebeler
    elma derler ben ortaya çıkardım
ağıtlarla kutlanırdı İsa-doğdu Gecesi
    fildişinden bir kuleydim yıktım kendimi

bilmem hangi keloğlanın fesiydim
    bir püskülsüz sümbülteber tohumu
fesleğenler yaprak dökmüş şerrimden
    bir naraydım kimse bilmez nereden
ya yakından ya uçmaktan gelirdim
    belkim ince belkim kalın bir sestim
belkilerin kol gezdiği saatta
    belkim belki bile değildim

SEVGİ DUVARI

Sen miydin o, yalnızlığın mıydı yoksa
Kör karanlıkta açardık paslı gözlerimizi
Dilimizde akşamdan kalma bir küfür
Salonlar piyasalar sanat-sevicileri
Derdim günüm insan arasına çıkarmaktı seni
Yakanda bir amonyak çiçeği
Yalnızlığım benim sidikli kontesim
Ne kadar rezil olursak o kadar iyi

Kumkapı meyhânelerine dadandık
Önümüzde Altınbaş, Altın Zincir, fasulye pilâkisi
Ardımızda görevliler, ekipler, Hızır Paşalar
Sabahları açıklarda bulurlardı leşimi
Öyle sıcaktı ki çöpçülerin elleri
Çöpçülerin elleriyle okşardım seni
Yalnızlığım benim süpürge saçlım
Ne kadar kötü kokarsak o kadar iyi

Baktım gökte bir kırmızı bir uçak
Bol çelik bol yıldız bol insan
Bir gece Sevgi Duvarını aştık
Düştüğüm yer öyle açık öyle seçik ki
Başucumda bi sen varsın bi de evren
Saymıyorum ölüp ölüp diriltiklerimi
Yalnızlığım benim çoğul türkülerim
Ne kadar yalansız yaşarsak o kadar iyi

ÖYLE Bİ...

Temiz gömleğimi giydim talimden sonra
Ayaklarını yıkıyor çeşme başında erler
İşte sen öyle bir serindin
Tuzladan kaptılarla inerken şehre
Ne güzel şey sivil demesi çıplağa
Ve gün-açık penceresinden meşelerin
Yamacın kuytusuna sokulmuş mavi
Ufacık bi parça deniz gibiydin

Şipka biberleriyle konmuş okulun camlarına
Arnavut Köyünün o muhacir güneşi
İşte sen öyle bi cumartesiydin.
Sahanlıkta saçlarını tarıyor kızlar
Raylar ondan böyle kıvılcımlanıyor
Köşeleri dönerken, önlükleri altından
Dünyaya başlar gibi aybaşlarının kokusu
Kalkan al tıramvaydın ergenlik durağımdan

Meyvahoşun orda bir sabahçı kahvesi
Gün ağarmıştı ama ben günaydın dedim
İşte sen öyle ışıklı bi yerdin.
Bilmiyordum hiç burda bir fırın olduğunu
Diz çöktüm asfalta, baktım aşağı, üüüü'üh!..
İşçiler ateşler ayçörekleri
Ve kılıç gibiydi taze ekmek kokusu...
Dağıttık evvel-allah yalnızlıkları

Yaşamak düğünse, sen orda gelindin
Seni soydum, Güler, dünyayı giyindim

BABALIK

Sakaryanın üstünde iki yangın kuşu
Suyun gözünü boyuyor
Sustalı ağaçlar sokuluyor yöremize
Dalgayı çakmıyasın diye sen
Islık çalıyorum boyuna

Sen sen olmuşun önemi yok hiç
Güldüğünü konuştuğunu beni sevdiğini de saymıyorum
Bu benimle çocukluk günlerim arasında bişey
Bir kırık cam bir yanlış bir taş yarası
Bu kaşla göz arasında
Bu öyle bişey

Tut ki bir yaprak havalanmış kapkara damarlı bir yaprak
Üstüme üstüme geliyor
Kocaman ama

Anlamıyasın diye kendi kendimden korktuğumu
Doğacak çocuğumuzdan söz açıyorum

GEÇİMSİZLİK

Birine kızıyordu delikanlı:
— Ah! dedi, bi bilsem onun kim olduğunu!

Usluluklar içindeydi kızın gözleri:
— Ya yoksa, dedi, öyle biri? Ya kızacak bişey yoksa.
Yol boyunca konuşmadılar artık, kara kara düşünüyordu delikanlı: Ya yoksa öyle biri... Ya kızacak bişey yoksa? Yıllardır su verdiği, üstüne titrediği, biliyordu, o içindeki sevgi, o pırıl pırıl hançer öfkesiz kalırsa paslanacak...

Kızın aklı ütülü çarşaflarda... ertesi sabaha buruşacak... Öfkesiz... umutsuz... sevgisiz...

PANDORA'NIN KUTUSU

Bir denizamıdır umut
Ta suların ortasında
Açılır
Kapanır
Açılır
Kapanır
Kapanır
Açılır

ÖĞRETMENİN DÜŞÜ

Okumuş filler ki herbirinin
Nice Bostan, Gülistan ezberidir.

Mavi bir ışık yandı gözlerimde
Gökyüzü öyle yakın
Çocuklar doğacak çocuklarım
Ve öyle yağmur ki toprak, koklarsın
Ellerim bütün hayvanlar âlemi
Hangi ağacı çalsam açıyor
Uzaylar uslu
Yönlerim yörük
Sağduyularım sol duyu

Mavi kalemlere yordum bu düşü
Su resimleriyle öğrencilerin
Göğerttik bozkırın sarı defterini
Şu yoncalar yurttaşlık bilgisi
Geçen gün okudum söğütlerin tarihini
Bi çiğdem var onlar kadar yiğit
Şu bey şu eşek şu yaban şu işçi arı
Biz beş sınıfta kaldırdık bütün sınıfları

Korkuluklar ektiği kargaları biçsin
Sevginin de kendi planları var
Beş yılları yıldızları dokuz ayları
İlerde yarım kalmış bir okulun duvarı
Duvarcı! diyor, Varım! diyorum ben de
Gitsin bütün okumuş filler Gülistana
Ben Türküm bu bozkırda çalışmaya geldim

DELİLİĞE ÖVGÜ

Yetti bu ölüsü elektirikli şehir
Nasıl öyle helâ duvarları gibi
Ayıp yemişler veren bu ağaç

Amerikan yardımıyla başladı sabah
Kornalı saatlerin gözünden
Uğradı buluğ-cinli bir gök

Afrikaları dolanıyorum her çişe kalkışta
Zenci hamallar taşıyor başlarında
Otuziki kısımlık uykularımı

Bilinmez o kadınla yakınlık etmedikçe
Kötüdür insanı ısırıverir terlik

Bütün gün karşımda bu yüz puntolu herif
Güvercinler kesiyor gazte kâğıtlarından
Hani ya şakşak hani güvercin
Hanidir hani ya hani balığı

Bana bir gömlek biç terzi kuşu
Göğün dellenmiş bir köyünden
Keçileri koyvermiş bir çoban
Yağmuru raporlu bir bulut

ÇARŞAMBANIN GELİŞİ

Martı yumurtaları gibi dağılmış kayalıklara
Akçıl yalnızlıkları insanların

Gâvur etmeseler böyle körpecik sabahları
Çalmasalar şu Afrika Rumbasını yatılı okullarda
Sussa şu yollar caddeler yok mu
Çıngıraklı yılanları şehrin

Hani çıkarmayacaktın başını yuvadan
Acelen neydi Çarşamba Günü
Bunca haber pusu kurmuş geceden
Ciletli uçurtmalar arasında
Ürkmesin de n'etsin yavru

Nerden çıktı karşına bu zilli bahar
Niye attın kendini altına
O çiçek bozuğu şeytan arabasının
Şıpınişi kopardılar seni yerden
Allı dallı götürdüler Gülhâne'ye
Tanrı bile görmedi sağırdı sırtı
Gökyüzü de eski makamında

Saçların uzadıkça artacaktı çıplaklığın
Hani yalnız çıkmayacaktın sokağa
Acelen neydi Çarşamba Günü

Boy veren sen değilsin artık
Kavakların çocukluğu

BAHARIN AZİZLİĞİ

Kibrit çakıyorsun karanlıkta badem çiçeklerini görmek için
Ve mart denizlerinde tedirgin bir çift sarnıç gemisi gözlerin
Bir iş açacaksın sen başımıza, yangın mı olur artık bahar mı

ALEA IACTA EST
YANİ OK YAYDAN ÇIKTI

Atilla Tunayı geçti
Hanibal Alpleri
Sezar da Rubikon nehrini geçti
Bense kendi kendimi geçtim
Ardımdaki bütün gülleri yakıp

İNSAN RESMİ

Yeraltı günleri bunlar
Kör yılı köstebek ayı

Siyah önlüklü bir güneş
Ayazda okula gidiyor
Dizilmiş danaburunları iki keçe
Islıklıyorlar bebeyi
Çepeçevre boynumda sıçandişi bir bahçe
Oynuyorlar iki Roma bir Paris bir Peking
Karım en çok soğuk harbi seviyor
Çocuklarımızdan

Yaşamların kapısında kuyruk olmuşuz
Önde emirerleri memede piçler sütsüz analar
Akşam oldu memur çıktı kapıya
Mal gelmedi bugün dedi kapatıyoruz

Dilekçeyim masalar odalar arasında
Yürek değil, sol yanımda on altı kuruşluk pul
Usulsüzüm yolsuzum

Bir uçak geçti üstümden kıçında yakamozu
Çakılmıştır yere çoktan toprakta bir çelik bitki
Fala mı baksam koparıp çiçeklerini
Düştü mü düşüyor mu düşecek mi

Yeşiller içre bir insandın önceleri
Sağda bir dağ solda bir çay çamaşır yıkayan kadınlar
Dolaş şimdi çevresini yitirmiş insan resimleri gibi

KALİSPERANIN KALİMERASI

Erken bunamış akşam
Lâterna sanıyor kendini
Güveli bonjurlarını giymiş sabahsafalarını çalıyor
Çınçınlı hamamlarda güyâ karanlığın koyunları
Bir ışık çağıyor üstlerine
Çobanaldatan diye

Üçüncü cemreyi ağlıyor
Yangın yerlerimin pembebozuk çingenesi
Çamaşır iplerinde azmış uzun donlar gibi düşlerimiz
Semte gidelim diyor kötürüm dedenin ayakyolları
Usul bir su iniyor hıdrelleze doğru
Ve bikoşu getiriyorlar ördeği

Hırsızlar girdi gözlerine
Soydular güngörmedik soğanlarını
Cööler hep saklambaç artık, duvar diplerinde bahçıvan bir böö
Paşalar gibiydi korkusu eski akşam ne de olsa
Soyun bari yalın kılıçlarını da soyun
Sivil girsin geceye

Gülcemal gibiydi korkusu
Gidip gelme bir ölüm verin beye
Sabah'ta çektirecek guguklu fotoğrafını

DANTON'UN ÇAYDANLIĞI

Kırılan bir çaydanlıktı biz öyle sandık
Ya da bir yıldız uyanmış sonra uyanıvermiş
Öyle şaşılası bişey ki şaşmadım bile
Sen söyledin Türkçe yüzermiş Capon balıkları
Sen hep böyle güneşli yalanlar söyle
Ben toplarım parçalarını
Kırk yılın Halimesi böyle bir güvercin
Oturup ağda yapsın düpedüz Devrim
Bu bir değil iki değil dördüncü bacağı
Halime kopardıkça dünya yenileniyor
Bu el yeni abeceyle yazılmış bir el
LÂİK bir bacağı sıvazlıyor

Komşular kibar evler dağa çıkmışlar dünden. Biz de Halimeyle vatanı süpürüyorduk. Dışardan hariciyeli bir ses: (Affedersin! Affedersin! Affedersin! Yangın merdiveniniz yanıyor!) Ne bu curcuna be! Gözünü kapan gelmiş! İyi ya dedim, kapattım pencereyi. Biz de çaydanlık kırıldı sandık!..

Kırk yılın Halimesi böyle bir güvercin
Oturup ağda yapsın düpedüz Devrim

VOLİ

Sırılsıklam bir gökyüzü çıktı ağlardan
Masmavi bütün balıkçılar

ELLERİMDE BİR GÖZTAŞI

Ellerimde bir göztaşı / gözlerim boş gidiyorum
Ne bileyim / bir damlanın böyle deniz olduğunu
Şaştım / mavi bir fal gibi açılınca önümde
Giritli bir ölümüm varmış / bir balıkçı fitil gibi
Patlayacakmış avucunda otuz çubuklu gençliğim
Üç günde mi desem / üç gökte / üç kulaçta mı
Ben ki/o camgöbeği çiçekler açan ağaç
Kırılmaz bardaklar gibi tuzla buz olacakmış

Ne zaman boğulsam böyle / yosun kokuyordu ışık
Sabahçı kahvelerde bir çiroz ötüyordu
Ve dalgalarını geçen o deniz şoförleri
Böyle uyur düşlere bindirmiş gemiler
Uyuklar gibi üstünde mermer masaların
Bir tahta parçasıydım / osmanlı bir kazadan kalmış
Yüzüyordum / İslam Kaptanın ahşap ayağında
Öbür tahtalara öbür insanlara doğru

Cumhurdu mürekkep balığı / simsiyah gidiyordum
Ne bileyim / bir korkunun böyle destan olduğunu
Ağardım / nisanlayınca gece / ve yavrulayan yalnızlık
Ya da ilk insanın doğduğu / öldüğü dağdı Moby Dick
Nefes aldıkça filbahriler köpürüyordu sulardan
Çanlar çalıyor kulaklarımda / yunuslar yarışıyordu
Alyuvarlar / dölkuşları ve rüzgâr midyeleri
Dedim / Dünya gibi bulut yok dünya üstünde

Ellerimde bir göztaşı / gözlerim boş gidiyordum
Ne bileyim bir türkünün böyle Veysel olduğunu
Açıldım / çıkmaz bir sokak gibi / kapanınca denizde

KEÇİ BOYNUZU

O göz godoş bir mavi
Güneşi dönünce sağdan ikinci
Nerde sabah orda akşamın evi
Süpürsefa kırkikindi gelince

Kolay değil tavlamak bulutları
Ozanı var hoyratı var toyu var
Usul usul güzellikle ökse otları
Göz etmenin raconu var yolu var

Heyt bu göklerde dönen alışveriş
Pazar ola seyran ola gün ola
Uçucular taze haber getirmiş
Okuturlar Fenikeli rüzgârlara

Düz bezlere çizmiş Pirî Reis
Çağeskisi bir hartadır benim gönlüm
Şu mavi noktalar var ya sevişitiklerimiz
İşte şu göz göze geldiğimiz gün

Dün gece bir sirk gördüm düşümde
Midilliler sonra safkan kısraklar
Halka olmuş dönerler sol döşümde
Üstlerinde alyuvarlı çocuklar

Açıktan geçti bir kız bisiklet
Tahtaboşta güngörmeyenin oğlu
Bu türkü kimvurdulara kısmet
Yıldızların arasında bir keçi yolu

POYRAZDAN

İğne yapraklı bir üçgen, çarşının erketesi
O çalıyor neyse işte o yeşil şeyi
Adaçayı en püfteni gelen müşterilerin
Püfür püfür işliyor poyraz dükkânları

Kediler eskiden camgüzelleridir
Ve huysuz oluyor Bizans beyleri
Yıllar yılı bir odaya kapanmaktan mı nedir
Denize bakan camlarda gezinmeleri

Taşı kaldırdım altından bir ölüm kaçtı
Benimdir çürük su koktuğuna göre
Yağmur yedi ilkyaz, kurtlandı bütün yengeçler
Çan sesleri papazkaçtı martılardır

Vira yaşamak dalgakıranlara vergi
Günler gördüm tosbağalar gibi üst üste
Kayalar sümüklü bir ölümsüzlüğe yesir
Yosun besliyorlar artık tavşan yerine

Mavi bir sal içindeydi vardım yanına
Boşa nefes bu adayı şiire sokması
Hangi yeşil dağdan kaçmış kim bilir
Uyaksız bir dalgaya kapılmış gider

Gece de açık dursun sandal bedesteni
Uzak yerden gelenler oluyor
Uykuda ağır düşte hafif
Bir ay bir yıldız bir poyraz esiyor

TAVŞAN KANI

Senden önce bir Rum papazdım
Sakallarıyla bir eski korudan
Meryem dağlarını ünledim miydi
Keçiler şaşırırdı yolunu

Allah için ben insan değildim
Ellerin olmasa okşamasaydın beni
Kim diye bakardın bu kara bulut
Cehennemin ucundan gölgesi

Kendi eliyle kazdığın kuyuya
Aşk ufacık bir taş atmaktır
Gürültüsü büyüyünce sessizliğin
Marifet yosunlar gibi susmaktır

Fıkara bir midyeden başlayan deniz
Nasıl da büyüdü mavi oldu
Oturmuş yere hanım hanımcık
Ölümün ayaklarını yıkıyor

Güneş batarken getirdiğin çay
Marmaradan daha yavaş soğurdu
Göz göze geldikçe düşünürdüm de
Hep akşamla boyasınlar sandalları

Biz uslu sevgilerin türbesiydik
Her gece uyanan mezar taşlarıyla
Öyle çoğalırdı ki tavşanlarımız
Yaşayan kalmayacaktı nerdeyse

1958 - 1962

HAFTA SONU

Göründüler birden / üç beş yeşil altı yedi
Ördekler Thames'in romatizmalı elleriydi
Pederşâhi gözlerini oğuşturmak için

Çimendi o kuyruğunu kovalayan kedi
Pisi balıklarına yem olup gitti miydi
Çim / Çim eder yine göğün şişesindeki cin

Ağaç kepenkler ardında bir rüzgâr yahudi
Yaprakları saymaktan daha bi gizli derdi
Geçmişi geleceği ve içi geçmiş bir Çin

Var olan bişey varsa o da yokluğun senin

ŞİİR

Aç bir fareydi şiir
Yarım uyaklarıyla uykuları azdıran

Cöntürkleri çağırdım Vanları Siyamları
Ankara'nın kedisi her zamanki gibi geç
Önce Shelley'i yedik Puşkin'i ve Sait'i
Rimbaud'nun beyinleri nasıl gene de taze

Misafirler gidiyor mersiler iltifatlar
Öğrenmişsiniz artık siz yemek pişirmeyi

Ama yukarı katta bu tıkırtı n'oluyor?

TEKERLEME

Uyanmadan kar vardı
Uyandım yine de var
Su bizlen kalkacakmış
Kalksın
Karım Suya bakarken
Kömürü ben taşırım
Bu küçücük odada amma büyük soğuk var
Camdan dışarı baktım
Siyah şeyler kalmamış
Kalmasın
Ve artık insanlara acımayacaksın
Dünyada ne çok taksi
Dünyayı çağır bana
Londra'ya gidelim
Kim asmış bu köprüyü
Nerde kaldı karpuzlar
Bu evler bize gelsin
Gelsin ama
Gelsin
Ve artık insanlara acımayacaksın

Adamın bir gözü cam
Gitti kara uzandı
Birden Beyaz Rus oldu
Oh olsun
Sen niye çişini söylemiyorsun
Ben altıma kaçırıyor muyum hiç
Kaçırıyorsun
Yolları satıyor çingeneler
Alalım mı
Alalım
Ve artık kendine acımayacaksın

NUHUN KIZI

Uzun sulardan tirenler kalkıyor
Islak bir istasyona iniyorum akşamları
Adım başında bir gaz'te ölüsü
Bozuk bir şemsiye gibi kapanıyor gün
Ve bir kapı açılıyor
Senin iki kanatlı kapın

Ne benim yalanlarım ne de bu haftalarca yağmur
Kimseler yıkayamaz ellerinin beyazlığını

SCOTLAND YARD'A HAVALESİ CİHETİYLE

İlkin o çocuk vardı tahtaya vur bi kere
Saat altı buçuktu "Beyaz Güvercinler"de
Babası gelenlere gazoz falan açtıkça
Havalar açmış gibi çocuk bayram ediyor
Anasına da dedim benim oğlum bu oğlan
İçerde yıkanırken öyle bir gülüyordu
Benimdi bu meyâne Thames'in ta kenarında
Kadının sırtı açık benim dedim bu kadın
Hâlâ benim kalktığım yataklarda yatıyor
Yanımdaki müşteri ayakta sallanıyor
Eğildi kulağıma okumadım dedi ben
Elimdeki kitabı yadırgamış olacak
Okutmadılar dedi ama iy' hırsız oldum
Soygun eve girdim mi kadına gider gibi
Bak dedim sır ama bu, ben de senin gibiyim
Çıktım dışarı sonra nehrin mor kâğıdına
Tuttum çocuğu yazdım kadını meyâneyi
Sabah oldu polisler hep beni arıyordu

SİVRİ ADA

Ast olan yerde üst
Üst olan yerde üs
Üs olan yerde de AS olur

OSCAR WİLDE'E

Havalar önceleri hep havai maviydi
Senle yeşil Londra'nın kurumlu karanfili
Senle İskender oldu puştların en rezili
Kördoğruyu yalanın kılıcıyla kestiydi

Oscar'ın ıstakozu terleyen İseviydi
Şampanya göllerinde Celilelerle teni
Sonra sular karıştı, vadikarayla seni
Küreklere götüren tek kürekli seviydi

Parmaklıklardan gördüm gören parmaklarını
Körkütük bir masanın tahtaları üstünden
Teker teker toplarken ekmek ufaklarını

Kuşların pislediği sabahlarda ben buydum
Bir dilim ekmek buldum Tayt* yolundan geçerken
Tanrıyı bulmuş gibi öpüp başıma koydum

---

* *O.W.'in bir zamanlar oturduğu sokak.*

1963 - 1973

DÖRT DÖRTLÜK

I

İki genç gibi askerden bu dağlar
El ele gelirken düşmüşler dereye
Zakkumlar çığırmasa pembeleriyle
Duyan olmayacakmış boğulduklarını

II

Baba Adasında yattım dün gece
Dalaman Bükünün açığında
Öyle bir deliksiz uyudum
Babamın kolunda yatmışçasına

III

Civciv kuşu durmuş kayanın üstüne
Suyun içinde kaya sipsivri
Ötüyor allah Cürük Dağına karşı
O öttükçe ağırıyor tanyeri

IV

Kayalardan üç ezan Dişi-Bilmez Burnu
Bıçak gibi dalıyor kendi yalnızlığına
Katırtırnakları var, bir çift de keçi
Çiftleşin ulan dedim inadınıza

GİTMEZ - AYAK

Ben bi kadın, kaçarsam, sen n'apan?
Zor bulun başka kadın!..
Benden güzel yar bulaman,
Çorbanı piş'recek,
Söküklerini dikecek!..
Kim serecek döşeğ'ni
Kim uv'cak kulunçlar'nı?..
Uçarsam Gökova'ya,
Kalırsan sen ortada,
Bulamayın beni, n'apan?..
Gittiğim yer Cennetâbât,
Bulut melek, melek bulut...
Ben uçarsam, sen n'apan?..

Ya seni bulmazsam orda,
Ben erkeksiz, ben sensiz
Ben Cennetâbât'ta n'apam?..

YENGEÇVÂRİ

Deniz öyle yakın ki korkunç kalabalığıyla
Dost yakamozları bile unutup
Koşuyorum yengeçler gibi kendime doğru
Kumun üstünde yazılarla ayak izlerim

Belki de ben ömrümde ilk defa bu gece şairim
Ne köy ne kent olurmuş yalnızlıktan öğrendim

Şimdi çiy kuşu ötse de biliyorum gayri
Poyrazın ergeç kumları dümdüz edeceğini

"Çiy kuşu bizim barometremizdir," dedi Balıkçı Hüseyin.
"O öttü mü hava hoş demektir."

AKDENİZ YARAŞIYOR SANA

Akdeniz yaraşıyor sana
    Yıldızlar terler ya sen de terliyorsun
    Aynı ıslak pırıltı burun kanatlarında
Hiç dinmiyor motorların gürültüsü
Köpekler havlıyor uzaktan
Demin bir çocuk ağladı
Fatmanım cumbadan çarşaf silkiyor yine
Ali Dumdum anasına sövüyor saatlerdir
Denizi tokmaklıyor balıkçılar
    Bu sesler işte sessizliğini büyüten toprak
    O senin sardunyalar gibi konuşkan sessizliğini

Hayatta yattık dün gece
Üstümüzde meltem
Kekik kokuyor ellerim hâlâ
Senle yatmadım sanki
Dağları dolaştım

Ben senden öğrendim deniz yazmayı
Elimden düşmüyor mavi kalem
Bir tirandil çıkar gibi sefere
Okula gidiyor öğretmenim
Ben de ardından açılıyorum
Bir poyraz çizip deftere

Bir ada var sırf ebabil
Dönüyor dönüyor başımda
Senle yaşadığım günler
Gümüş bir çevre oldu ömrüm
Değince güneşine

Neden sonra buldum o kaçakçı mağarasını
Gözlerim kamaşınca senden
Ölüm belki sularından kaçırdığım
O loş suda yıkanmaktır
Durdukça yosundan yeşil
Kulaç attıkça mavi

Ben düzde sanırdım yıkıntım
Örenim alkolik âsarım
Mutun doruğundaymışım meğer
Senle çıkınca anladım
Eski Yunan atları var hani
Yeleleri büklümlü
Gün inerken de öyle
Ağaçtan izdüşümleriyle
Yürüyor Balan Tepeleri
Yürüyor bölük bölük can
Toplu bir güzelliğe doğru

Kadınım
Yaraşıyorsun sen Akdenize

GİDİYORUZ

Çift atlı bir araba
          nefesimle kurbağa
                    gidiyoruz
Çekmiş üstüne denizi
          yatmış kasaba
Süngercisi tefecisi tuvaletçisi
Uyku diye bir pinanın içinde
               açılıp
               açılıp
               kapanıyorlar
Belki de evde kaldığı için sevgiler
gökyüzü bir kenarda duruyor
               aynalı bir çeyiz sandığı gibi

Marmaris
   (Körfez değil bu gece
   suya çövmüş ağaçları
   bükrü kayalarıyla
   hantal bişey
   kocaman bir kulak
   Binbirinci gecedeyiz sanki
   masal bitmiş
   ve öyle sessiz ki ortalık)
Sağır oldum sanıyor kendini

Derken
        (Ölü dalgalar da böyle olur)
Şıp dedi kesildi sessizlik
Bir kurbağa başladı ötmeye

Karanlık yıkık bir kaleydi
            sürmüş Rodos seferinden
Bir sarmaşığa tutunup
            atladık üstünden duvarın
                    geride kaldı sabırlar

Çift atlı bir araba
            nefesimle kurbağa
                    gidiyoruz

KAYITLI

Benim öfkem gecelerin beyidir
Kalkar bi tek çocuk ağlasa
İşte bak bu anasız yasa
Kanunî'nin değil bizimdir

Göçmen kuşlar gibi bir gülümseme
Dudağının kıyısından gelip geçerdi
Babam dünya güzel yer derdi
Sürsün ama sürecek bu garipseme

Bayram davullarıyla doğarken gün
Bu Sırp-sındığına alışılır mı
Ömrün köhne bir güvercin damı
Hoyrat bir sese bakar ölümün

Akıl ki en incesi duyuların
Açar evrenin camını
Aptal sonra tatlı canını
Atar dibine kuyuların

Çirkinin güzele eski garezi
Kendi güzelliğini bilmediği için
Vaktiyle Çinde bir prensesin
Kendini sevmemekmiş bütün marazı

Oysa herşey birbiriyle kayıtlı
Akdeniz zeytinler ve Datçaya
Sevilmeyen yarımada paramparça
Ağaç kuşa kuş ağaca kayıtlı

Oyun durmuş godoşu bekler
Aydın kentin kolalı yakasında
Yavuklu çağ dağların arkasında
Halk bir Anka Kuşu bekler

Düşünmek, dağların kargaşasını
Döşemektir bir petek bala
Olmuyor ki böyle şaklatmakla
Eski koşukların maşasını

Aklımın ucuna bir yıldız kondu
Koşun koşun dedim çocuklarıma
İşte bu çoban dedim aya yanaşma
Bu sözüm ay'cılara dokundu

Sokrat'a kurban kesilen horoz
Lokmanlara dağdan odun taşırdı
Horoz değil bir acayip katırdı
Katır değil Sokrat gibi bir domuz

Zikredelim önce halkın adını
Çocuğun işçinin hakkını
Alsın diye köylü toprağını
İşçi Partisine yaptırdım kaydımı.

SÜNGER DÖNÜŞÜ FİYESTA

Dikey bir deniz bu mavi ispirto şişesi
Ulan Bâki dibinde yatay

YİYİMSERLERİMİZİN İYİMSERLİĞİ

İy'etmiş Selçuklar geldiklerine
Osmanlılar da iy'etmiş
Bizden sonra gelenler de iy'edecekler geldiklerine
Gelebilirlerse tabiy
İy'edecek birşey bırakmıyaca'az ki biz

DUMANIN DOĞRUSU

Kolay gelsin vapurun dumanı!
İnersin sen de bigün yeryüzüne,
Benim gibi yağmur diye...

İy' de edersin!

ARİFE TARİF

Öyle bi aş olsun ki derim...

"Biraz taş biraz hayvan biraz düş"
Ve göğe aşırdığım kuş
Denizin mor bostanından...
Süngerim al soğanım
Soluğumdan açan lâle
Mutluluğa geleceğe

Yeter ki bi döşün olsun kocaman
Bu aş ve bu vurgun seksen kulaçta yenir
Ve sıkarsa tabiy toplumsal petkan

Öyle bi Aşk olsun ki derim...

ŞEYİST

Biz talebeyken şeydik
İyi arkadaştık şeylen
Biliyorsunuz şeylen şey olunmaz
Ben şeyi bitirince babam
Şey dedi Şey Partisine girdim
Zaten Şeyle evlenmiştim
Şey şeye gidelim dedi gittik
Şeysiz de olmuyor döndük
İki şeyim oldu büyüdüler
Doktor sende bir şey var diyor şimdi
Tabiy bende bir şey var: sayamadığın kadar
Kimse dokunamaz benim şeyime
Çünki ben bir şeyim
Her şey de bir şeydir ama
Ben başka bir şeyim
Ben şeyim

SEVGİLİ GENÇLİK

Öyle parçalandım ki ömrümde
Sevgiyle öfke arasında,
Sevgimi öfke vurdu
Öfkemi sevgi kaçırdı
İçim parçalandı arada

Bi de bigün baktım gökyüzüne bi bayram gecesi
Bi kestane fişeği açmış yedi rengimden
Yağıyorum çocukların üstüne

CİHAT İÇİN CAHİT

Cahit ki bu hasta düzende sağlıklı bir kanserdi
Cahit ki haksızlığa karşı üreyen höcrelerdi.
Yorgun develer gibi çöktüğü Dormen şölenlerinde bile
"Siz paranızı, ben kendi kendimi yerim," derdi.
Cahit zaten azalarak yaşayanlardan değil
Çoğalarak ölenlerdendi

ARS GRATIA ARTIS

Aslan yine zehirlenmiş yatıyor
alkol kuyusunun başında
Yeleleri mızrak mızrak hep
kurumuş kusmuktan
Öylesine kanlanmış ki gözlerinin akları
taşların üstüne kaydı kayacak
Karnına çekiyor bidüziye ayaklarını
tırnaklarını kesmek istiyen biri var da sanki o
istemiyor
Dört yöne birden gitmekte yüzü
gerilmeler seyirmeler...

Ama bir şiir aslanı ne de olsa
Kafasını kusmuklardan kaldırıp ikide bir
"Ars Gratia Artis" diye inliyor
Yâni "Sanat Sanat içindir" diyor.